Frederick Amrine

La Justice Sociale à la Lumière de la Réincarnation et du Karma

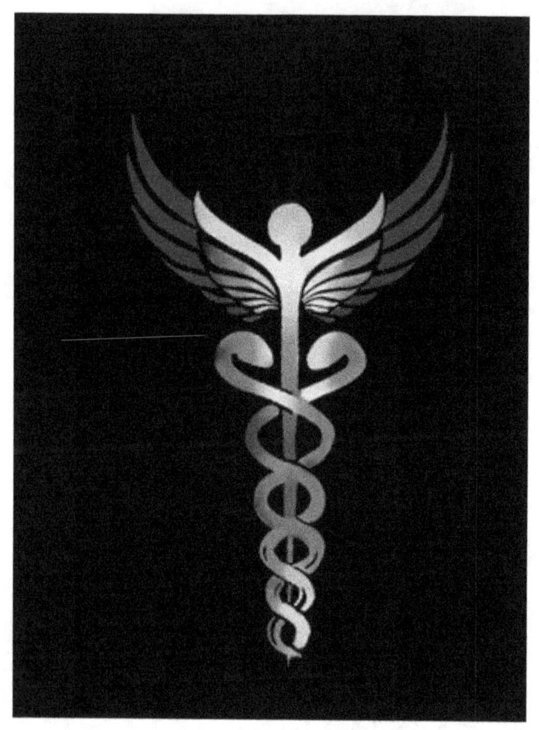

© 2022 Frederick Amrine

All rights reserved.

No part of this publication may be reproduced or transmitted in any form or by any means, electronic or mechanical, including photocopy, recording, or any information storage and retrieval system without permission in writing from the publisher.

Sommaire

Rudolf Steiner sur la réincarnation et le karma

Ce n'est qu'à la fin de sa vie que Steiner a pu se consacrer entièrement à la deuxième grande tâche de sa mission professée : communiquer la réalité de la réincarnation et du karma sous une forme appropriée à l'Occident. Ce n'est certes pas un hasard si Steiner n'a entrepris ce travail que longtemps après sa phase théosophique : Les affirmations de Steiner ne ressemblent guère à la plupart des enseignements orientaux, et il n'aurait pas voulu qu'on les confonde. Mais on peut déjà trouver une excellente (et nécessaire) introduction au sujet dans un chapitre de la *Science ésotérique* intitulé "Le sommeil et la mort". C'est peut-être devenu une métaphore usée, mais il n'en est pas moins vrai que le sommeil est une " petite mort " : chaque nuit, dans le sommeil, nous quittons notre corps pour entrer et communier avec le monde spirituel, pour ensuite oublier cette expérience au réveil. De la même manière, nous communions avec les êtres spirituels pendant un intervalle plus long dans le monde spirituel entre deux incarnations, seulement pour boire du Léthé, le fleuve de l'oubli, avant de renaître. Notre mort et notre renaissance ne sont, comme l'affirmait Wordsworth, "qu'un sommeil et un oubli". Nous ne sommes plus nouvellement créés à la naissance qu'en nous réveillant du sommeil le matin.

La réincarnation donne un sens à l'évolution de la conscience, et vice versa. Mais elle compense également les injustices des apparents accidents de la naissance : classe, sexe, race, opportunités ou leur absence, vie en temps de paix ou de conflit infernal, expérience des merveilleux conforts et commodités fournis par la technologie, et ainsi de suite. Selon Steiner, nous alternons généralement les sexes et passons d'une culture à l'autre à travers de nombreuses incarnations, en absorbant (ou du moins en ayant la possibilité d'absorber) le meilleur de ce que chaque culture a à offrir. C'est une vision profondément cosmopolite : au fil du temps, consciemment ou non, nous devenons tous peu à peu des citoyens du monde et des êtres humains à part entière. Les capacités acquises par le travail (ou la souffrance, ou d'autres épreuves) dans une incarnation se métamorphosent en nouveaux talents dans la suivante. Le génie n'est pas un hasard.

Ensemble, la réincarnation et le karma rendent une *Justice concrète - et la clémence - dans ce monde*, plutôt qu'une vague promesse de récompense dans l'autre. Nos travaux reviennent sous la forme de nouvelles capacités, mais nos échecs et nos méfaits reviennent également nous rencontrer dans notre prochaine incarnation, nous confrontant à des rencontres apparemment accidentelles et à des événements extérieurs. En nous permettant d'expérimenter sur notre propre personne les conséquences de nos actions, et en nous donnant l'occasion de grandir et de nous indemniser, le karma est un acte de grâce, une loi supérieure qui nous permet de nous reconstruire. Steiner a prévenu que les lois du karma sont immensément complexes et que le karma est infiniment créatif, aussi est-il passé assez rapidement d'une série de conférences établissant quelques principes de base à une longue série d'exemples tirés des biographies de personnages réels de l'histoire. L'homologue grec du mot sanskrit "karma" serait "drame", et Steiner nous a exhortés à considérer nos biographies comme des drames moraux qui se déroulent, ou à penser au karma comme un sculpteur qui façonne notre argile vivante. Si,

omme l'affirmait Steiner, " le karma est le plus grand artiste ",
ors nos vies mêmes doivent être les plus grandes œuvres
'art. Tout ce que nous faisons, et tout ce que nous souffrons,
un sens.

"Les membres auront remarqué que, dans les cours publics que je dispense au nom de la Société anthroposophique, je saisis chaque opportunité de me référer aux points de connaissance ou de compréhension que notre époque a développée sur le sujet dont je parle. Je le fais parce que l'anthroposophie ne doit pas se présenter au monde comme une croyance sectaire... un anthroposophe qui se contente de rejeter ce que la vie spirituelle et intellectuelle de son temps apporte en dehors de l'anthroposophie, manque complètement la cible."

(*The Life, Nature, and Cultivation of Anthroposophy*, p. 32)

RUDOLF STEINER

The Life, Nature and Cultivation of Anthroposophy

- Dans l'esprit de la citation ci-dessus, comparons le travail de Steiner avec celui des deux plus grands philosophes éthiques de la fin du 20ᵉ siècle, John Rawls et Peter Singer.

- Ce ne sont pas des hommes de paille ! Tous deux sont universellement considérés comme de grands philosophes, méritant un profond respect.

- Nous voulons comparer l'anthroposophie à ce que la vie intellectuelle de notre époque a de mieux à offrir !

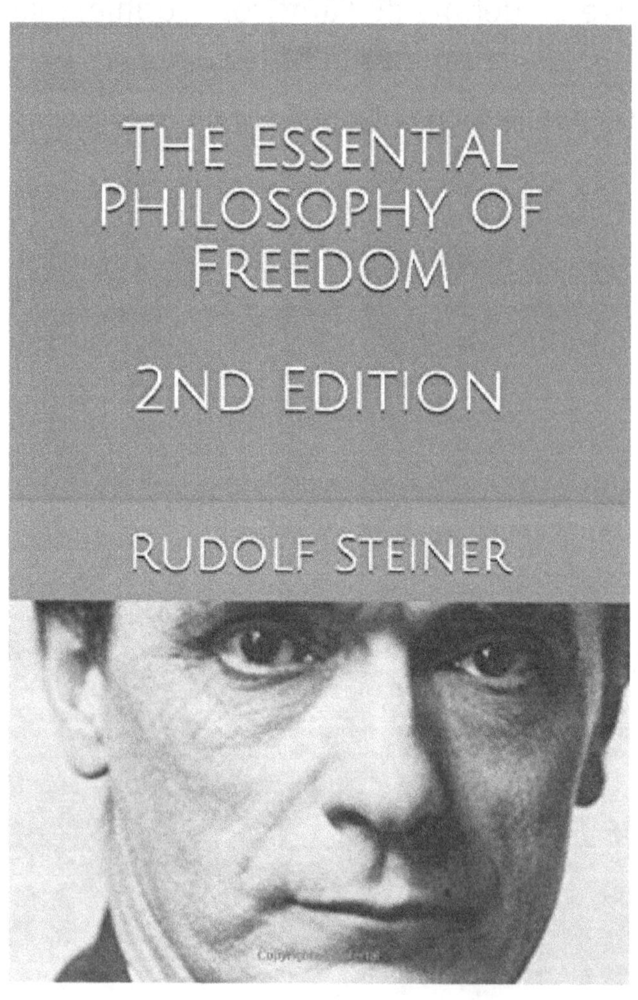

John Rawls (1921-2002)

- La Théorie de la *justice de Rawls* (1971) est célèbre à juste titre. Elle est largement considérée comme le texte définitif sur la justice sociale.

- La théorie de Rawls est une formalisation de la théorie traditionnelle du contrat social. Elle substitue une expérience de pensée à l'"état de la nature" imaginé, par exemple, Rousseau.

- Rawls appelle cela la "position initiale".

- C'est "une conception de la justice qui annule les accidents de la dotation naturelle et les contingences de la circonstance sociale".

A THEORY OF JUSTICE

REVISED EDITION

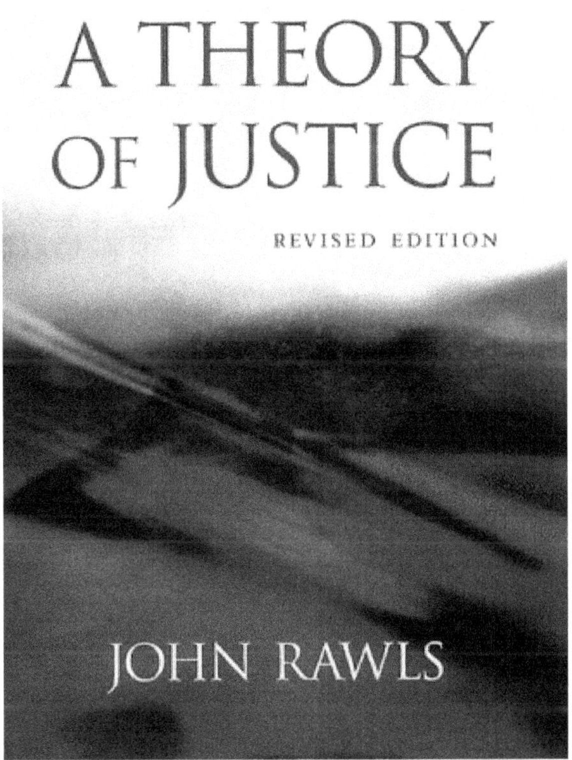

JOHN RAWLS

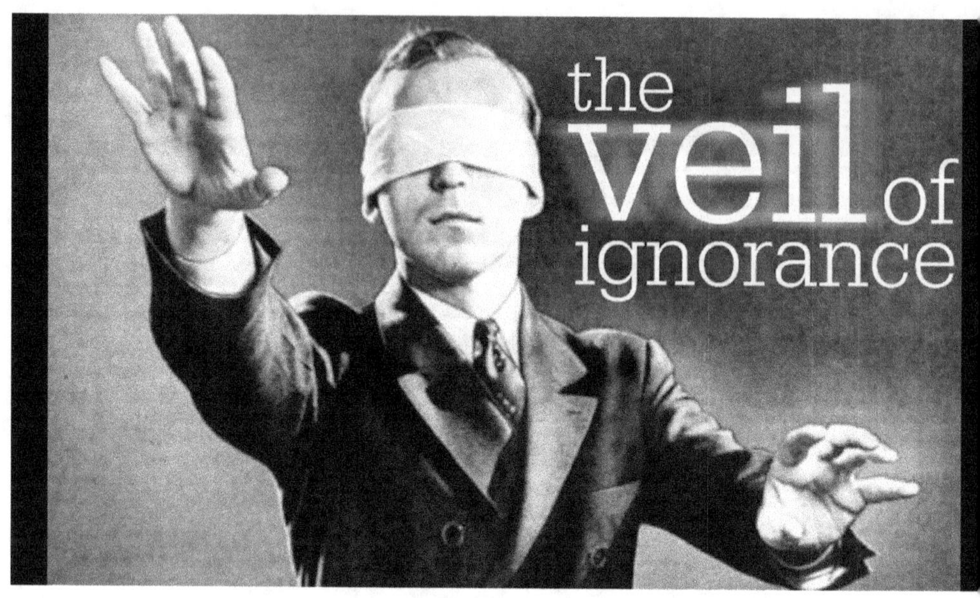

- ▣ Nous réalisons l'expérience en nous imaginant derrière u
"voile d'ignorance".

- ▣ " On suppose donc que... personne ne connaît sa place
dans la société, sa position de classe ou son statut social ;
ne connaît pas non plus sa fortune dans la distribution de
biens et des capacités naturelles, son intelligence et sa
force, et autres choses semblables. Personne non plus,
encore une fois, ne connaît sa conception du bien, les
particularités de son plan rationnel de vie, ni même les
traits particuliers de sa psychologie, tels que son aversion
pour le risque ou sa tendance à l'optimisme ou au
pessimisme." [p. 137]

- ▣ Mais l'expérience pensée imagine quelque chose qui *ne
s'est jamais produite en réalité et qui ne peut s'être*

réellement produit. Rawls fonde toute sa théorie sur une abstraction complète.

Pourquoi le "voile de l'ignorance" ? Parce que les humains sont considérés comme intrinsèquement égoïstes.

- Rawls ne voit aucune possibilité d'altruisme ou d'auto-transformation.

- Ironiquement, le seul élément de connaissance de soi que l'on suppose avoir et que l'on nous demande de conserver est la conscience de notre égoïsme inné.

- Mais l'égoïsme humain n'est nulle part démontré, il est simplement présupposé.

◉ De plus, l'insistance de Rawls sur l'ignorance nous rend *non-libres*. La liberté présuppose la connaissance et la perspicacité. Steiner veut que nous repensions toutes les formes sociales à partir d'une *connaissance approfondie* de la réincarnation et du karma.

◉ Et devons-nous avoir la justice au prix de la dignité humaine ? N'y a-t-il vraiment aucun autre moyen de surmonter l'égoïsme ?

◉ S'agit-il vraiment d'un progrès par rapport au capitalisme nu, qui suppose que les gens agissent toujours dans leur propre intérêt ?

- ◾ La redistribution des biens matériels est la seule réponse de Rawls à l'inégalité, *mais cela ne serait que du bricolage autour de l'injustice.*

- ◾ Rawls veut que nous approuvions un ordre social *parce que nous n'avons aucune idée de qui nous sommes en tant qu'individus.*

- ◾ Rawls travaille avec un faux paradigme de l'identité humaine. *Ce qui nous rend pleinement humains, c'est notre travail et notre amour, nos talents et notre lien social. En d'autres termes : notre karma.*

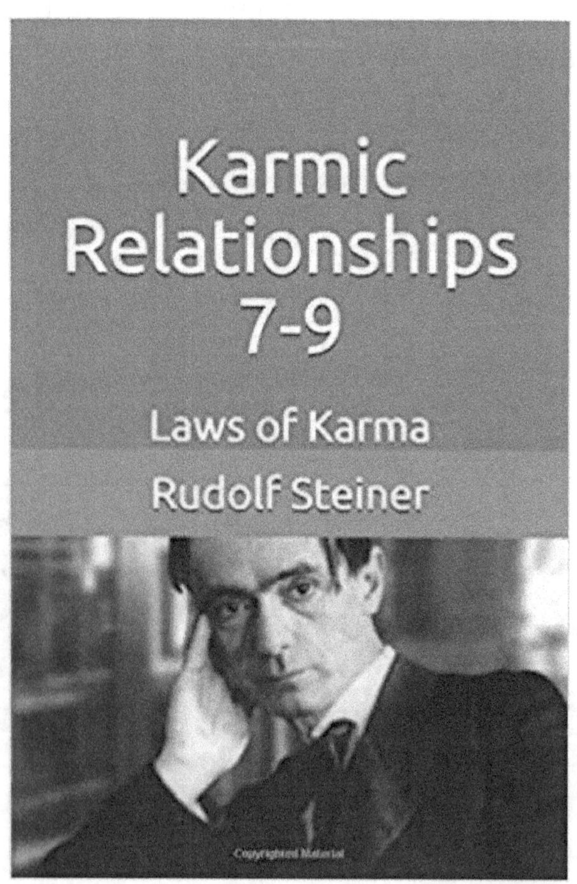

Peter Singer
(b. 1946)

◻ Peter Singer est probablement le plus grand philosophe moral vivant.

◾ Il est également un grand théoricien et militant des droits des animaux.

"Famine, affluence et moralité"[1]

- Thomas Nagel affirme que cet article est "probablement lu par plus d'étudiants en philosophie morale que tout autre texte, ancien ou moderne". Il le qualifie d'"'électrisant".

- Pourquoi ? Ce n'est certainement pas comme ça que ça commence.

- Singer commence par écrire : "Mon prochain point est le suivant : s'il est en notre pouvoir d'empêcher qu'une chose mauvaise ne se produise, sans pour autant sacrifier quoi que ce soit d'une importance morale comparable, nous devons, moralement, le faire. ... Cela nous demande seulement d'empêcher ce qui est mauvais, et non de promouvoir ce qui est bon, et cela ne nous demande que lorsque nous pouvons le faire sans sacrifier quoi que ce soit qui, du point de vue moral, soit d'importance comparable."

- Seul, c'est décevant. C'est d'une abstraction abrutissante, et la promesse d'une moralité sans sacrifice semble faire écho à la notion d'égoïsme humain inné de Rawls.

Philosophy and Public Affairs, 1 (1972), 229-243.

- Mais ensuite, Singer propose une expérience de pensée qui est un exemple puissant de ce que Steiner appelle "l'imagination morale".

- Imaginez que vous vous promenez et que vous voyez un enfant se noyer dans une eau peu profonde, à quelques pas de là. Seul un monstre n'interviendrait pas.

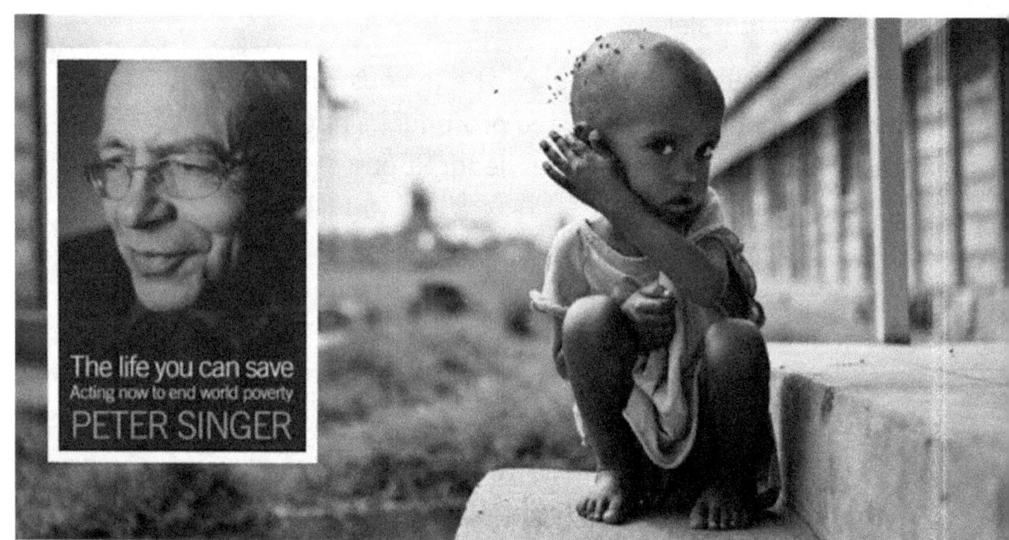

Imaginez maintenant des enfants à l'autre bout du monde qui meurent de causes facilement évitables, et qui pourraient être sauvés grâce à des dons de l'ordre de la petite monnaie.

Nous n'agissons pas.

Pourquoi ?

- Singer demande : Quelle différence cela fait-il qu'ils soient hors de vue ?

- Sa réponse : *Ethiquement, pas du tout.*

- La parabole quasi biblique de Singer est un exemple remarquable d'imagination morale à l'œuvre, et elle révèle un profond *manque d'imagination.*

- ▣ Les travaux de Steiner sur le karma et la réincarnation peuvent nous mener encore plus loin.

- ▣ Ceux qui n'agissent pas *ont imaginé que l'univers moral était trop petit.*

- ▣ Développons l'expérience. Imaginez que, dans la minute qui suit, je me réincarne moi-même en femme, ou en membre d'une minorité opprimée, ou en pauvre.

- ▣ Quel genre d'ordre social voudrais-je ?

- Et si on se réincarnait demain ? Dans un mois ? Dans un an ?

- Et dans ma prochaine vie ? Moralement, le fait que le changement se situe "au-delà de l'horizon" *n'a aucun sens.*

- Les enseignements de Steiner sur la réincarnation nous amènent à réaliser : J'étais ceci, et je *serai* cela. De là, il n'y a qu'un pas vers "Je suis cela".

- C'est seulement un manque d'imagination qui m'empêche d'éprouver une profonde empathie. L'idée de réincarnation et de karma est une école d'altruisme.

- Nous pouvons surmonter l'égoïsme en élargissant le concept du soi pour y inclure l'autre. Pleinement accompli, ce serait ce que Steiner appelle la culture de Manas.

- Il n'y a pas besoin d'imaginer un ordre social basé sur l'idée de réincarnation. *Les pythagoriciens le faisaient déjà dans l'antiquité.*

- Le résultat ? Dans leur communauté intentionnelle,

  - Tous les gens partageaient tous les bien en commun

  - Les hommes et les femmes étaient traités sur un même pied d'égalité ;

  - On ne mangeait pas d'animaux.

- Les pythagoriciens étaient, d'ailleurs, de loin les scientifiques les plus avancés de leur époque.

Pythagore, détail de l'École d'Athènes de Raphaël

- Steiner dit à la fin de ses conférences sur le Karma :
  "Déchirons le *voile d'Isis*."

- Instaurons la justice sociale non pas par ignorance, mais
  par connaissance de soi.

- La forme la plus élevée de connaissance de soi est la
  connaissance de son propre karma et de ses incarnations
  antérieures.

- Nous sommes appelés à la connaissance de soi, à la fois
  comme un devoir personnel et comme un devoir social.

Autres Introductions à l'Anthroposophie

Qui Peuvent Être Utiles :

Frederick Amrine, "Discovering a Genius: Rudolf Steiner at 150." Keryx 2017.

Frederick Amrine, "Moving into the Mainstream." Keryx, 2020.

Rudolf Steiner, "Anthroposophy, the Gospels, and the Future of Humanity." Trans. Frederick Amrine. Keryx, 2018.

Rudolf Steiner, *The Inner Weaver, the Inner Musician, and the Cognitive Power of Love.* Trans. Owen Barfield and Frederick Amrine. Keryx, 2019.

Rudolf Steiner, CW 4: *The Essential* Philosophy of Freedom. Trans. Frederick Amrine. Keryx 2017. 2nd edn. 2020.

Rudolf Steiner, *Fighting Antisemitism: Seven Essays*. Trans. Frederick Amrine. Keryx, 2019.

Rudolf Steiner, *Anthroposophy and Mathematics*. Trans. Frederick Amrine. Keryx, 2019.

Frederick Amrine, "Eurythmy and the New Dance: Loie Fuller, Isadora Duncan, and Ruth St. Denis." Keryx 2017.

Rudolf Steiner, *Imagination, Inspiration, and Intuition: Introduction*. Trans. Frederick Amrine. Keryx, 2019

Rudolf Steiner, *Ancient Greek Consciousness*. Trans. Frederick Amrine. Keryx, 2018.

udolf Steiner, "Excerpts from *The Boundaries of Science*." Trans. Frederick Amrine. Keryx, 2018.

udolf Steiner, *Reincarnation and Karma from a Scientific Standpoint.* Trans. and ed. Frederick Amrine. Keryx, 2018.

udolf Steiner, *The Bologna Lecture: The Psychological Foundations and Epistemological Stance of Anthroposophy*. Trans. Frederick Amrine. Keryx, 2018.

udolf Steiner, "Child Development as the Basis for Education." Trans. Frederick Amrine. Keryx, 2018.

udolf Steiner, *Rethinking the Social Organism: Selected Writings.* Trans. and ed. Frederick Amrine. Keryx, 2019.